Maszada

(A szináji tragédia)

Heimler Jenő

Nyomtatta és forgalmazza: Miriam B. Heimler Alapítvány

Eugene Heimler Irodalmi Alapítvány, 2018

P.O.Box 18422

Jerusalem 91183

Israel

email: mheimler1@gmail.com

Borító fotó: IStock photo no. 108330145; Jew lifting torah scroll

Borító és tervrajz: Devorah Priampolsky

ISBN 978-0998959382

Maszada

(A szináji tragédia)

Drámai költemény

Írta: Heimler Jenő

„A múlt a jelenben él, s a jövő a múltban."

Heimler Jenő

Előszó

Kell, hogy az embernek legyen egy álma, mégha lehetetlennek is tűnik. Kérnie kell, hogy az álom teljesüljön és akkor az megadatik. (Heimler Jenő, Üzenetek - *Egy túlélő levele egy német fiatalhoz*, 2015. Heimler Jenőnek volt egy álma, amelyet megosztott barátnőjével (későbbi feleségével), Évával, szülővárosában, Szombathelyen, a negyvenes évek elején. Az *Anschluss* idején (1938-ban) Jenő 16 éves volt. Ekkoriban olvasta el a *Zsidó háborút* Josephus Flaviustól, és sokszor említette Évának, hogy remélhetőleg valamikor meg fogja érteni, mi is történt annak idején Maszadánál és mi történt a zsidókkal a huszadik század közepén.

Harminc évvel később írta meg a Maszadát, amelyet a Holokauszt közvetlen, személyes és egész életre szóló tapasztalata, valamint az állandóan gondolataiban kísértő Maszada témája ihletett.

Nem nehéz megérteni, Heimler miért nem publikálta művét az eredeti nyelven, magyarul. Auschwitz és más koncentrációs táborok után a Magyarországra visszatérő Heimlert nemcsak az átélt üldöztetés hazai emlékei kedvetlenítették el, hanem a háborút követő antiszemitizmus is.

Ezzel szemben a darab megjelent angol fordításban ("The Storm" címmel) 1976-ban, majd német nyelven úgyszintén, 2018-ban.

Végezetül hadd mondjak köszönetet Rachel Vazsonyinak az eredeti gépirat gondozásáért és a hiányzó szövegrészek pótlásáért az angol fordítás alapján.

Miriam Bracha Heimler
Jerusalem, September 2018

Az Első Jelenet előtt

Mielőtt a függöny felmegy, egy sötétbe öltözött férfi jelenik meg a függöny előtt, csak az arcát látni, melyre tejfehér fény világít. Ő az Élet és az Értelem Szelleme.

Szellem:

Mikor az Úr a napot az égre tűzte,

s az örök sötétséget az űrbe űzte,

mikor életre kelt a hold s a csillagok,

az Úr a világba lehelte: „Én vagyok",

s a fű, a fa, a kő, s a tavak

visszhangozták az égi szavakat.

Zengett a világ a messzi ég alatt,

és élettől feszült minden kődarab,

s hogy az Óceánt ellepte a fény,

a titok mélységéből eljöttem én.

És szólt az Úr: „segíts nekem fiam,

hogy formába öntsem égi szavam,

3

mert a fényen túl remeg a félelem,

légy Te az Erő, az Út, az Értelem.

A földi élet most még öntudatlan,

keress formát, melyben tudat van,

s ha megtaláltad, mutasd meg nekem,

hogy beléje leheljem örök életem."

S ahogy a világ dzsungelében jártam,

egy napon az embert megtaláltam,

és szólt az Úr: „tudata oly kevés,

de kihozza belőle majd a szenvedés."

A függöny felmegy: És íme most a lángok itten égnek,

és úgy tűnik, hogy vége van egy népnek,

de mert szívükben lüktet a lehelet,

megölni őket sohasem lehet.

4

Akiben az Úrnak szelleme lobog,

azt nem pusztítják el a hatalmasok,

az élni fog a millenniumon át,

míg megérti egy napon Istene szavát.

Első Jelenet

75 április 15 éjszakája; az utolsó ütközet előtt. Flavius Silva római Procurator sátra. Az elhúzott gyékény mögött látni lehet a római tábor fáklyáinak lobogását és fent a hegy tetején az égő Maszadát. Néha a szél, úgy rémlik, rabszolgák sírását hozza magával. Balra a Holt-tenger visszatükrözi a hold és a tüzek fényeit.

Mikor a függöny felmegy, Flavius Silva egyedül áll a sátor bejáratánál, nézi az égő hegytetőt és hallgatja az éjszaka hangjait. Majd a sátor előtt megjelenik Cerealius Vetiliamus Tribun, aki magasba lendített karral, római módon üdvözli a Procuratort. Silva először nem veszi észre a Tribunt.

Silva: Itt minden idegen Vetiliamus,

                            csak a csillagok ismert fényei

5

kapcsolnak még Rómához. Hallod,

hogy sír a szél? Itt minden halott,

mi egy halott világ őrei vagyunk.

Vetiliamus: Az utolsó éjszaka mindig hosszú…

Silva: Egyedüllét orgonázik a sivatag felett,

és a Holt-tengerből árnyak kelnek

nyugtalan útjukra…

Vetiliamus: Három éve nézem a hegytetőt,

és átkozom a percet, mely idehozott,

néha úgy érzem, hogy megállt az idő,

nincs múlt, jelen és jövő, nincs harc,

nincs béke, semmi sincs, csak a egytető,

és a nagy üresség mindenütt.

Silva: Fáradt vagyok Vetiliamus. Én harcra

6

születtem, nem semmittevésre;

én győzelemre születtem,

nem várakozásra...

s a hónapok mint porszemek peregtek

egyhangúan ... már nem érdekel a harc

s a győzelem.

Vetiliamus: Tegnap éjjel Rómában jártam,

a Marsmező oszlopai alatt kerestem

egykori szerelmem forró ajkait,

a vágytól magasba tornyosultam

mint az istenek. Jó volt a csók

a római ég alatt és jó volt a vágy,

mely azt muzsikálta, hogy még

férfi vagyok.

Aztán a Nagy Színházban ültem irtelen,

és néztem Demetrius Libant, a zsidó

színészt, és láttam az elismerő római

arcokat, s a taps, mint orkán zúgott

az ég alatt…Akkor felébredtem és itt

a judeai szél arcomba röhögött…

Mi itt fekszünk egy meddő sivatag

méhében, míg ők ott Rómában úgy

élnek mint a győztesek!

Ők, a zsidók Rómában szabadok,

míg mi itt rabszolgák vagyunk;

ők párnás ágyaikban ölelik asszonyaikat,

míg mi itt a forró homokot;

mi talán meghalunk, mialatt a Császár

egy zsidó nő meztelen mellein felejti

hogy Maszada valaha is létezett.

Silva: Én is itt tanultam meg, hogy

mi a gyűlölet. Eddig a szívemben

csak megvetés lapult. Egy katona

dolga hogy öljön, ha ölni kell,

8

rendet teremt és aztán megy tovább.

De jól mondod Vetiliamus, ha győztünk

is itt, ez nem lesz győzelem.

Vetiliamus: Szent Templomuk romokban hever,

és hajnalban Maszada is halott,

mint kiégett agyag...de ők a zsidók

élnek mindenütt tovább...

Silva: Félek a gyűlöletemtől Vetiliamus,

és mert félek, gyűlölök.

Vetiliamus: A rabszolgák hajnalban és alkonyatkor

imákat mondanak, sem verés, sem átok

nem segít. Jeruzsálem felé fordítják

megtört testüket, Templomuk felé,

mely kőhalom. A romok mögött él

Istenük,

9

ott lebeg láthatatlanul Judea felett,

s ami örök, azt Róma nem pusztíthatja

el:

ezt súgják apák fiaik fülébe, és

ezt kiáltják katonáinknak, amikor

gúnyolják őket.

Silva: Ez a dac is veszélyes, mert

bátorság lapul az őrület mögött.

Bátorság tette naggyá Rómát,

és Rómára veszélyes a rabok bátorsága.

Vetiliamus: Először a tisztek suttogtak egymásnak,

hogy erő él e bátorság mögött,

aztán, mint örvények tátott szája

vonzani kezdte a katonákat.

Véreinket kellett keresztre húznunk,

mert azt beszélték, hogy új Isten jár

a földön. Machaerusban a zsidók

feladták

a várt – egyetlen emberért: mind

meghalt,

hogy egy élhessen tovább.

Jeruzsálemben

egymást ölték mielőtt odaértünk, aztán

mint megveszett vadak harcoltak

ellenünk...

Még emlékszem papjaikra, akik

imádkoztak

az utolsó percig, nem törődve a

halállal...

Csak egy megoldást látok Procurator,

Kiirtani őket, még emléküket is:

itt – és mindenütt!

Silva: Én egyszerű ember vagyok Vetiliamus, ha örülök, a boldogság selyme vesz

körül,

ha bánatom van, érzem múló éveim

súlyát,

ha ölelek, testemben orgona virágzik,

s ha gyűlölök, bizony bánt a gyűlölet.

Szeretem azt, amit megértek:

hazámat Rómát szeretem, és ha kell

meghalok érte. Ha a császár rendeli:

„irtsd ki őket", gondolkodás nélkül

megteszem,

de ha lelkem szava mondja ugyanazt,

mélységes szégyen kígyózik rajtam át.

Itt az egyedüllét gondolkodásra fogott

és úgy találom, hogy fáj a gondolat;

itt megtanultam, hogy vannak

mélységek

az emberélet értelme mögött,

melyek mint kísértetek kísérnek

utamon.

Mondd meg nekem Vetiliamus,

de őszintén és római szavadra:

lehetséges, hogy a ledöntött romok

mögött

élhessen a láthatatlan lélek?

Lehetséges, hogy e barbár sivatagban,

ahol még madár sem jár az ég alatt

egy láthatatlan Isten szelleme lebegjen?

Vetiliamus: Nem tudom Uram.

Silva: Nem tudni rosszabb, mint tudni a

                       rosszat.

Vetiliamus: Látod Uram, hogy mit tettek velünk,

                       a kétely ragályát lehelték belénk,

13

elvették tőlünk biztonságunk hitét.

Silva: És holnap, mikor ledöntöttük az utolsó

falat,

mely még Róma útjában áll és kiirtottuk

Maszada minden élő életét; a romok

súgják

fülünkbe majd a hosszú évek árnyi

mögül,

hogy öltünk, igen...de nem volt

győzelem.

A Második Jelenet előtt

Szellem: Amit most láttak – azok csodák,

melyek átvilágítják a vészes éjszakát.

14

A kín mögött ott él a fény,

s a halál mögött lebegek örökre én,

amint elpereg a vak történelem,

szemetek azt lássa amit az én szemem.

S mikor a kín könnyes vért szitál,

ne felejtsétek, hogy nincs halál;

amit szétdúlnak a vad korok

élni fog mégis amíg a föld forog.

Második Jelenet

Maszada, imaház. Kint hatalmas lángok láthatók. A fények és árnyak nyugtalanul hullámoznak a falakon. Amikor a függöny felmegy, a kis zsinagógában az emberek imádkoznak. Az ajtókon

15

kívül állnak a többiek, de ezeket nem lehet látni, csak a tömeg hangját hallani. A hajlongó testek árnyai olyanok mint a szellemek. Néhány percig csak a sírástól elcsukló imát lehet hallani héberül. Aztán Eleázár a színpad elejére jön lassan és a nézőkhöz beszél, mintha a közönség lenne Maszada láthatatlan tömege.

Eleázár: Amit a Törvény nem ért el soha,

hogy együtt álljunk nagy Urunk előtt,

Róma most megtette egyetlen légióval.

Amit sorsunk mindig megtagadott,

hogy szembenézzünk sorsunk

értelmével,

most megadta a tűzvész és a lebegő

halál.

A percek zajos odújában éltük le

életünket

s az órák, mint agyag ragadtak össze,

fülünk a zajtól eldugult s az élet

16

hangja ott sírt házaink előtt kizárva;

és mint aki képtelen arra, hogy színeket

lásson

csak szürkeségbe bámultak szemeink,

s a vak napsütésben mi kis porszemek

egymást sodortuk a végtelen halálba.

De most füleinkből kihulltak a véres

rongyok és szemünk új színt lát, a halál

sötét lidércét, és túl e nagy éjszakán

most

ott dereng Urunk ítélete: a római ostor

Isten büntetése, most utolsót pattan

Izrael vérző hátán.

De voltak már nagy, hatalmas népek,

melyeket vihar sodort el a világ

színpadáról s a térkép, mint himlőhely

17

őrzi a torz nyomot. Mi nemcsak térben

élünk és idő sem köt bennünket egy

hazához,

a mi otthonunk a Törvény és a

Gondolat.

(Eleázár felemeli a Tóra-tekercseket)

Míg a tekercsek ottmaradnak az élők

lelkeinek mélységes mélyén: itt és

Egyiptomban,

Rómában és Babilóniában: Izrael népe

ott fakaszt gyümölcsöt, ahol a Törvény

élni fog!

Most azonban döntenünk kell itt az

éjszakában,

mielőtt a hajnal vére az égről lecsepeg...

mily halált kívánunk magunknak: a

szolgáét vagy

18

a szabad emberét? Mi nemesebb:

feladni magunkat

és elpusztulni a barbárok kezétől,

vagy megölni anyát, hitvest,

gyermeket?

Időnk szűkül már, kérlek döntsetek!

Jozsua: Nem mindegy, hogy hal meg az ember,

félve, remegve, büszkén, dacosan,

nem minden mindegy ott a föld alatt?

Küldjünk követeket Flavius Silvához,

izenjük neki: Uram irgalom...

és reméljük, hogy így sok százunk

megmarad.

Akiba: Nemtelen, gyáva beszéd ez. Aki
Rómától

irgalmat remél, megérdemel ezer halált.

19

Hol volt bocsánat Caesareaban, mikor

az Úr napján, mint megőrült vadak

tépték szét anyáink és gyermekeink

húsát,

és Damaszkuszban úgy folyt a vér

az utcák kőfala közt, mint vihartól

megdagadt folyam.

Jozsua: A hír úgy mondja, hogy Silva

                 emberséges...

Akiba: Akit római anya szült a római ég alatt,

                 az fenevad marad, mint a farkasok,

                 mégha báránybőrbe csavarja is magát.

Eleázár: Testvéreim, mért rágjuk még most is

                 a lélek tüll-falát?

Jozsua: Könnyű beszélni annak, aki élt,

de nehéz annak, kinek sorsa fiatal,

mit láttam én a lüktető világból,

csak füstöt, tüzet, üszkös romokat.

Vágy nem fűzött még asszonyok öléhez,

számomra csak délibáb a gyönyör,

nekem csak holnapom lehet, mert nem

volt tegnapom:

én nem vagyok gyáva, csupán fiatal.

Akiba: Bocsásd meg szavaim nyilazó sebét,

néha a kor nem tudja, hogy mit beszél,

Te álmodsz még a test csodáiról, és

a láng már régóta elhagyta véremet:

és mert a lázat, mely egykoron ölelt

elfeledte már butuló agyam,

öröknek látom az örök sorvadást.

A félelem nagy magánya

21

a vágy helyére oltotta magát,

és bátorsággal leplezem gyávaságomat.

János: Ifjú vagy idős, dönteni kell,

míg itt a bástyán szabadak vagyunk,

és kérdeznünk kell, hogy mit jelenthet

halálunk annak, aki élni fog.

Mert túl a váron, és túl a hegyeken,

ha rabsorban is az élet megy tovább,

és a szolgaság, mint az élet nem örök.

Halálunk majd élni fog azokban,

akik reményt keresnek egy új hajnalon.

Vannak emberek, kik csak maguknak

élnek,

s mikor éltük kilobban, mint a

gyertyafény,

senki sem őrzi a sötétben életük

nyomát.

Aztán vannak mások, kik családjuknak

élnek,

és gyászolja őket az örök szeretet.

Vannak, akik Istennek élnek, és az Úr

nem gyászolja ezt a meddő életet.

A mi sorsunk, hogy Izraelben éljünk,

és halálunkkal ezt izenjük a zsarnokok

fülébe: „Vigyázzatok, mert egy napon

az üldözöttek felállnak a porból,

és széttört bilincseik, mint magszemek

megtermékenyítik a napos jövőt!

Vigyázzatok, mert az ostorcsapások

vadul csattannak az ég magas testére,

és a könnyfolyókból nagy folyam fakad

mely elsodor minden üldözőt!"

Halálunk értelemmel lesz tele, és

egy napon, itt a szabad ég alatt,

szabad népünk zengi a világhoz:

23

Maszada él és mindig élni fog!

Eleázár: Testvéreim, most döntsetek!

Mindannyian: Mi szabad emberek

(kórus) itt a hegytetőn

a múlt és jövő előtt

most így esküszünk:

Apa öld meg lágyékod gyümölcsét,

férj sebezd halálra hitvesed,

testvér altasd el testvéredet,

barát oltsd ki barátod égő lángját.

És tűz égesse el Maszada

minden nyomát,

és a romok hirdessék

raboknak, bárhol legyenek,

hogy szabadon tettük le

Istenünk kezébe

24

lelkünk nyugtalan

nagy súlyát!

Vannak, akik sírnak, vannak, akik a semmibe merednek, de mindenki Eleázár kivételével elhagyja az imaházat, hogy utolsó feladatának eleget tegyen és megölje szeretteit. Amikor Eleázár egyedül marad, térdére roskad a lángoktól villogó éjszakában és kétségbeesetten emeli magasba karjait.

Eleázár:

Az ember tudása oly parány,

és nemtudása, mint a tenger végtelen,

mért kell véreznünk azért, amit nem

tudunk,

és szenvednünk minden csepp udásért?

Miért kell kardunkat egymásba

szúrnunk

hogy emlékünk éljen az égő nap alatt?

Miért halnak meg apró életek,

kik kérdezni sem tudják létük nagy kát?

Nem értem Uram keserű rendedet,

nem értem szándékod ködös útjait,

csak azt tudom, hogy élünk és halunk,

és értelmet keresünk a világ

dzsungelében.

Most halálhörgést lehet hallani, jajgatások és szívbeszúró
sikoltások töltik meg az éjszakát.

Eleázár: Az idők kezdetén vadállat volt az ember,

mert mindentől félt, ami körülvette.

Istent keresett a viharokban,

a napban, a csillagokban, még hatalmas

állatokban is: mindenben, amit nem

értett.

Aztán keleten, ahonnét a fények

jönnek,

istenek születtek a lélek terhes

méhében:

jobbak, emberiebbek, mint a régiek.

De az ember mégis embertelen maradt,

és embert áldozott istenei nevében.

És akkor Te Uram Moria hegyén

szövetségre

léptél Ábrahámmal, és megtiltottad

örökre

az emberáldozatot: népet formáltál

zsák

ágyékából és elvittél bennünket a

rabsorból

a szináji hegytetőre.

A szín most a fények és árnyak játékával átváltozik a szináji
heggyé. Eleázár megdöbbenve nézi a változásokat.

Uram! A magány tükrében néztem

27

arcomat

negyven nap és negyven éjjel,

láttam az ösztönök zajos örvényeit,

kúszó mancsokat, melyek visszafogtak

és szörnyeket, melyeknek nincs neve.

Az élet értelmetlen volt nagyon,

a gyönyörben úgy úsztam, mint a

levél, melyet vizek görgetnek,

de tisztára nem mosnak színétől.

Nem lettem termékeny fényeidtől,

tagadtalak:

így magamat tagadtam.

S most ezer félelemtől sebezve hullok

Eléd,

orgiát ülnek agyamban az emlékek,

és alakot ölt a sejtés, hogy mégis Te

vagy kezdete mindennek és végzete is.

Alakot ölt, hogy félelemmel takartalak,

mert úgy éltél bennem, mint élet

a hideg kövekben.

Uram, Uram! Idegenek lettek számban

az

ízek, idegen szememben a fény,
agyamban

a szín...félelem ölel nedves karjával

magához, és kimondott szavam is
furcsán

cseng kihalt és átkozott üresség
felett.

Uram, én az ember Hozzád sikoltok!
Bocsáss

Magad elé. Hadd lássalak, s hadd
lássam

vak szemeimmel az élet igazi fényeit,

hadd hulljak örök idődbe, s hadd legyen

lelkem az időben áldott...

Hiszen Te tudod az Ember útját, mert

ott élsz a szavak s a mozdulatok mögött

29

és mélyen látod, hogy nem azok
vagyunk,

akiknek mondjuk magunkat.

Uram…Uram…rémséges szédüléssel
forgok Feléd.

Szikkad szám, szárad nyelvem…

Fények villannak éjszakás agyamban…

Szólj hozzám Uram…

Visszhang: Szólj hozzám Uram…

Eleázár: Egykor néztem a rabokat és a
rabtartókat,

és volt idő, mikor szívem szánalommal
volt tele,

mert a rabszolgatartók is rabok,

és a rabok lelkében is ég a szabadság…

De sehol sincsen bizonyosság,

amerre csak néz a szem, viharok

30

játszanak ember-porszemekkel,

mindenhol üres szakadékok merednek,

és végtelen puszták homokjában

a lélek sír nedve után.

Csak Te lehetsz a biztonság Uram,

Rajtad kívül nincsenek horgonyok,

Te vagy a dolgok oka, indoka, értelme,

szólj hozzám Uram!

Visszhang: Szólj hozzám Uram!

Eleázár: Kiléptem az idő keretéből Uram,

két dimenzióban szédül lelkem,

itt Szináj hegyén más vagyok, mint

aki vagyok, és Maszada hajnalán

egy más halottá válok.

Ki vagyok én Uram? Milyen időbe

helyezted szolgádat?

Hirtelen a csend óriási lesz. Ég és föld mozdulatlan. Lassan az árnyékok mögül fények csóvája indul el útjára, hogy megvilágosítsa az embert. A szivárvány színei öntik el a színpadot.

Hang:

A végzet könyvében nincs múlt és jelen,

időt csak azok keresnek, kiknek nincsen

idejük. Az ég és a föld a szívedben lakik,

élet és halál együtt a valóság,

mint éremnek mindkét oldala.

Bizonyosságod csak a bizonytalan

és megoldás nincsen húsod formái közt.

De kín és gyönyör majd megtanít

a nagy titokra, mely szívedben lakik,

és tanítani fog ezreket,

kik mint hulló csillagok

csak hullásukban fénylenek az űrben.

S a Gondolat, melynek értelme elkerül

erőd lesz a hosszú éjszakában.

Most végigviszlek az alázaton,

a megtört remegésen s a gyűlöleten,

mely úgy fog majd körül, mint a hideg

űr világodat. Végigviszlek az értelmen

és az értelmetlenségen, mert

kiválasztottalak

a szenvedésre, hogy értelmet formáljál

belőle. Ne azt kérdezd miért a

szenvedés,

hanem azt, hogy mit teszel vele.

Láthatatlan Kórus: Törvényt adott kezedbe az Úr,

itt a hegytetőn, hogy embert formáljon

állati lényedből.

Hang: Azt mondtam Neked: „Én vagyok".

Kórus: És ezzel azt mondotta az Úr,

hogy „Te vagy".

Hang:	Azt mondottam: „nincsenek más istenek".
Kórus:	És ezzel kinyitotta előtted végtelen lelkedet.
Hang:	„Ne vegyél nyelvedre hiába"...
Kórus:	Hogy Isten szíved mélységében éljen.
Hang:	„Tiszteld Szüleidet",
Kórus:	és gyermekeid tisztelni fognak Tégedet.
Hang:	„Ne ölj!"
Kórus:	Hogy állati formád emberi legyen.
Hang:	„Ne paráználkodjál!"
Kórus:	Hogy megismerhesd, mi a szerelem.
Hang:	„Ne légy hamis tanú!"
Kórus:	Hogy hű tanúja legyél az életnek.
Hang:	„Ne kívánd másét!"
Kórus:	Hogy megtanuld, hogy igazán mi a Tied.
Eleázár:	A súly, melyet vállunkra tettél oly súlyos,

34

hogy összeroppanunk a nagy teher alatt.

Mi csak parány férgek vagyunk még,

és emberségünk oly messze van, mint az égi.

Mit ér a Törvény, ha nem értjük a magvát,

mit érnek az élet fényei, hacsak ködöt

látnak szemeink? Uram már piszkos vércsíkok

húzódnak a Holt-tenger fölé,

és néped halott lesz, mire a nap felragyog.

Van olyan Törvény, mely megér ennyi

szenvedést, ennyi halált, ennyi meddő életet?

És megér a nemtelen emberiség ennyi

áldozatot?

A fáklyával, melyet kezünkbe tettél,

elégetnek bennünket az emberek!

Hang: Térj vissza idődbe és lépj ki idődből,

mielőtt végleg kilobban lelked lángja,

és ha megjártad az évezredeket, talán

35

válaszod lesz e halotti imádra.

Vissza vagyunk a maszadai zsinagógában. Kint tűz tombol, és hörgések töltik meg az éjszakát.

Szellem a közönséghez a harmadik jelenet előtt:

Szellem: Erőszak sohasem öli meg az Erőt,

csak erősebbé teszi a szenvedőt,

ne tévesszen meg Bennetek a halál,

mely most a keresztek fáira száll,

és ne tévesszen meg a folyó vér,

az ember lelke örökké él,

csak az hiszi, hogy az ölés örök,

kit megszálltak az élő ördögök,

ők azt hiszik, hogy ez az egész:

élet-halál, gyönyör-szenvedés.

Aki fegyverrel sírokat ás,

az nem tudja, hogy lesz feltámadás.

Harmadik Jelenet

Néhány év múlva. Alkonyat a judeai hegyeken. A nap vérző fényei két keresztre világítanak, az egyiken Eleázár, a másikon lánya haldoklik. Két római katona áll őrt és három zsidó a kereszt alatt áll, vagy a földön térdel.

Vetiliamus: (a haldoklók felé int fejével)

Hát sohasem halnak meg ezek?

Silva: Úgy rémlik minden, mint egy lidércálom,

melyből sohasem lesz ébredés.

Jozsua: (Silvahoz) Uram, találj kegyelmet szívedben,

ne öld meg őket.

Silva: A kegyelem joga nem az enyém,

én csak parancsot teljesítek.

Jozsua: Ha nem győz szívednek embersége,

             millió öl majd a századok dzsungelében,

             és mind azt hajtogatja majd, hogy

             a parancs: parancs. A kegyelem

             parancsa fontosabb, mint az emberé.

Silva: Mi lesz a Renddel, ha gyengülök?

             Mi lesz Rómával, ha élnek a lázadók?

Vetiliamus: Róma fontosabb, mint szívünk

             embersége.

Jozsua: Mily Rend az, mely bocsánatra képtelen?

             És mily erő az, mely nem ismer

             gyengeséget?

Vetiliamus: Az erős joga, hogy megtörje a gyengét.

Akiba: (Jozsuahoz)   Ne könyörögj, ne sírj, csak emlékezz

a millenniumon át, hogy erőszakot nem

győzöl meg könnyes szemeiddel,

csak még nagyobb erőszakkal.

Vetiliamus: Íme, a lázadó most igazat beszél.

Akiba: (Jozsuahoz)   Emlékezz a halálukra fiam reggel,

délben és éjszaka; s egy napon mikor

majd ők véreznek a kereszteken

emlékezz rá, amire megtanítottak:

az erős joga, hogy megtörje a gyengét.

János: Mily pogány beszéd ez Akiba,

mi nem lehetünk önmagunk ellensége,

hogy úgy ítéljünk, mint a rómaiak.

Akiba: Miért legyünk mi mások, mint a többi

népek,

miért vérezzünk mi a gyilkos másokért?

János: Ne felejtsük el e hegyek csúcsán

egy másik hegy örök izenetét. Oh én is

sokszor érzem szavad vad súlyát,

néha szeretném lerázni magamról
Szináj

izenetét, de nem tudom. A gondolat
maga

szégyennel tölt tele.

Eleázár: (lányához) Ki vagy leány, oly ismerős vagy nekem.

Szűz: Álmodból születtem, Tied vagyok,

véred és társad a hulló nap alatt.

Eleázár: Sok szenvedés e kereszten

40

tompítja agyamat: segíts leány

súlyos utamon és mondd nekem,

hogyan került e kínos tájra életem?

Akiba, János, Jozsua hajlongva imádkoznak. Silva és Vetiliamus
közömbösen nézik a keresztre feszítetteket.

Szűz: Sok bűn van mögöttünk oh Apám,

                      sok gyilkolás, sok félelem,

                      hazánkat szétdúlta a vad erő,

                      és törvényeink széthulltak a semmibe,

                      de ne hidd, hogy mindennek vége van,

                      az átok vége, új áldás kezdete,

                      én itt vagyok, hogy együtt Veled,

                      visszaállítsam szináji álmodat...

Most hirtelen hét pogány jelenik meg a színpadon. Először a
három imádkozó zsidót támadják meg és szúrják le, míg a

rómaiak szemrebbenés nélkül nézik a támadást. A hét pogány, hét pogány várost képvisel.

Ephesus: (Silvahoz)   Róma nevében jöttünk mi ide,

hogy átvegyük Tőled a foglyokat.

Íme a Császár levele.

Silva: (a levelet olvasva) Igen... a lázadók Tiétek,

tegyetek velük, amit akartok.

Silva: Jöjj Vetiliamus, a mi dolgunknak

itten vége van. Vajon hová sodor

most innét kába sorsunk?

A két római elhagyja a színpadot.

Szűz: (az apjához)   De jaj nekünk...nézd a keresztek alatt

hét pogány most lesben áll,

éhes szemük testemre úgy tapad,

mint gyümölcs húsára a nemtelen

legyek.

Apám, apám...a félelem, mint nagy ihar

hullámzik rajtam át…

mi ketten vagyunk és ők heten…

Ephesus: Öreg zsidó, most elvesszük lányodat,

mert szépsége, mint a nap vakít.

Smyrna: Fehér húsa olyan, mint kenyér,

és mi zsidó, most éhesek vagyunk.

Pergamum: Keblei, mint Judea dombjai

kísértenek, hogy kússzuk a dombokat.

Thyatira: Combjai között tartja titkait,

és mi szétfeszítjük a titkokat.

Sardis: Oázisában Isten lakik,

és mi látni akarjuk istenét.

Philadelphia: Ajka mint vérpiros cseresznye hív,

szomjas nyelvünknek nedve lesz.

Laodicea: Mi megölünk Téged öreg zsidó,

de lányod velünk majd élni fog.

Szűz: Apám, apám, ne hagyd, hogy

elvigyenek!

43

Eleázár: Szavakat hallok, de értelmem halott,

nem értem a zúgó zűrzavart,

fáradt vagyok és erőm elhagyott,

nem tudom védeni lányomat.

A pogányok leemelik a lányt a keresztről, körültáncolják, majd végülis a földre nyomják és megerőszakolják.

Pogányok kórusa: Apádnak vége van,

tárd ki tested titkait,

fattyúd, mint áruló

tagadja majd ősei álmait,

megtanítjuk a gyűlöletre,

a hazugságra, az álnokságra,

így állunk bosszút rajtatok,

hogy lehetetlen törvényt,

és láthatatlan istent

adtatok a világnak.

Eleázár: Uram! Egyedüllét és halál

vesz körül, míg ájult hegyek

hintáznak üveges szemeim előtt.

Hogy hirdessem szavaid értelmét,

hogy kiáltsam az éjszakába,

hogy élsz Uram, mikor erőmnek vége

van?

Izrael Istene: elhagytad szolgádat.

Egyetlen Úr: egyedül vagyok!

Az egyik pogány a növekvő éjszakában dárdáját Eleázárba
szúrja, míg a többiek kivonszolják a lányt a színpadról.

Szellem a Negyedik Jelenet előtt.

Szellem: A szereplők mindig ugyanazok,

                           mert csupán a kor változott,

                           és oly mindegy, hogy a gyűlölet,

                           ilyen ruha, olyan köpenyeg.

                           De túl minden gyűlöleten

                           most ébred bennük az én szellemem,
45

költő, cipész és a pap

értelmet keresnek a nap alatt.

És hogy az idő lassan elpereg,

megismernek majd az emberek,

nem állok mindig majd külön,

távol tőlük, túl a függönyön...

Negyedik Jelenet

Valamikor a középkor elején egy német város zsinagógájában. A fények és árnyak nyugtalanul hullámoznak a falakra. Amikor a függöny felmegy, az imától hajlongó árnyak olyanok, mint a szellemek.

A szín részleteiben és hangulatában ugyanaz, mint a maszadai. Eleázár a színpad elejére jön és a nézőkhöz beszél.

Eleázár: Ti már egyszer itt voltatok velem

az éjszaka vértől terhes sötétje mélyén,

meghaltatok és újra születtetek, és

most halni készültök íme megint.

46

Ti ott voltatok velem Maszadában,

mikor Róma kardja süvített az éjben,

és a hegyek csúcsán, mikor Róma

kalapácsa

a keresztre húzott.

Most itt ültök egy más időben,

csak ruhátok más, mint akkor régen,

de a problémák most is ugyanazok.

E templomon kívül az erőszak ül

orgiát a nagyvilágban, és túl a

határokon

millió ember félti gyenge életét.

Hatalmasok kezében van még mindig az

erő,

és a gyengék szemeiben az éhezés

lángja.

Most a keresztes hadak vannak útban

ide,

Róma hagyatékát ők örökölték a világ

éjszakájában,

és mi még mindig hirdetjük az ősi

törvényeket.

Egykor régen azt vitattuk, hogy van-e

értelme

halálunknak azok számára akik élni

fognak,

-ma mi vagyunk az élők és az életben

hiszünk.

S az élet lényege a tudás és értelme,

hogy

megértsük izenetét, ezért e véres

századokban

mi tanuljuk a törvényt, az értelmet és a

jövőt.

János, Te tanítónk vagy, mi a

történelem titkos üzenete?

Akiba, Te költő vagy, mondd el nekünk,

hogy mit tanultáL?

Jozsua, Te cipész vagy, mesterséged

során mily tudást nyertél?

Néhány másodpercnyi csend, majd Akiba, aki hármuk közül a

legidősebb, lassan a színpad elejére jön.

Akiba: Az éj végtelen csendjében

álom száll a fáradt szemre,

s oly világba lépünk, mely örök,

és az ismert Rend fölött lebeg.

Csak a szív képes megtenni

ezt a furcsa utazást,

s álmok nélkül a tudat halott,

mert titkok nélkül nincs felismerés.

Én a költő mondom Nektek, hogy

a forrás, melyből dalom fakad,

túl van mindenen, mit ismerünk.

Isten hangszere vagyok csupán

mikor lejegyzem azt, ami fülembe
csendül.

Az Erő forrását, a mélységes álmokat

mind ismeri, aki ír, zenét szerez,

fest vagy netán farag.

És mivel az Erő örök,

mint a nap, jól tudom,

hogy nincs halál.

Eleázár: Mit válaszolnál azoknak,

kiket az álmok elkerülnek,

mint a fényes nap az éjszakát,

akik csak abban hisznek, amit

látnak, s tagadják a túlvilágot?

Akiba: A napsugarak cirógatását érezzük

mind, akárcsak a szél simogató,
gyengéd

kezét a fáradt homlok. Mindnyájan

látjuk, hogy nyílik-tárul gyermekeink

világa, s mint köti össze titkos fonalként

50

az emberszíveket a szerelem.

A szerelem édes kínjait és

élő misztériumát érezzük

a női combok közt,

és egy fáradt hajnalon

egyszer csak rájövünk,

hogy Isten ott van, túl a gyönyörön.

Látjuk mind a rügyező fákat

és tavaszi alkonyatkor hogyan

oszlanak szét a fellegek az ég

kék tükrén, mint kergetőző

pajkos szeretők, hogy aztán majd

végül összeölelkezzenek.

Látjuk anyánk arcát

egy csodaszép reggelen

és gyengéd mosolyát,

mely örökre velünk marad.

Látunk hegyeket s völgyeket,

és pici tavakat a hegyek

combja közt.

Eleázár, nem kell álmodozónak lenni

ahhoz, hogy álmodjunk. A szem csak a

formát látja,

de a szív nélkül nincs tartalom.

Hacsak azt látjuk, ami van,nem látunk

semmit, mert minden változik,

biztonságunk csak a változás,

s ha az értelem az álmokra süket,

megfojtja bizony az örök lényeget.

Most János, a Rabbi, a tanító jön a színpad elejére.

János: A szenvedés tengere nagyon hideg,

és az áramlatoknak nincs irányuk,

ha nem tudjuk, hogy merre van a part,

könnyű megfulladni és feladni a harcot.

52

Hogy miért sodornak bennünket vak

erők,

talán sohasem fogja fel tudatunk,

de mit is használ a fuldoklónak,

ha értené a szenvedés okát.

Az egyetlen kérdés, mely válaszra vár,

hogy tudunk-e úszni a part felé,

ha nem sopánkodunk a múlt felett,

de tisztán látjuk, hogy hol van a jövőnk.

A parton túl hazánk vár reánk,

városok, főldek, folyók, hegyek,

álmok, ígéretek, szent szavak,

ima, munka, élet, szerelem.

Várnak az alkonyok a Jordán partjain,

és új hajnalok Szináj alatt,

várnak a halottak élő reményei

Jeruzsálem kiégett romjai alatt.

A tanító dolga, hogy örökre tanuljon,

s mit megtanult megossza íme mással,

ezt tanultam én, mit Nektek adhatok

e lángoktól terhes sötét éjszakában.

Jozsua megvárja, hogy János leül helyére, és akkor ő jön a színpad elejére.

Jozsua: Először van a bőr, aztán a kés,

a kés bőrből formát teremt.

A láb rajza az alap, mily hosszú, mily

magas,

s a mester akkor apró szögekkel

összetapasztja a bőrt s a talpakat.

De a bőr halott s a talp halott,

a szögek is mind holtan hevernek még,

mert az alkotás a mester lelkében lakik,

ő látja a cipőt akkor, míg az halott.

A mester látja, amit Ti nem láttok,

a hosszú órák néma súlyát, míg

az anyag kezében átalakul új formáira,

és kész a cipő. A mester nélkül nincsen

alkotás, s a vadász nélkül semmit sem

ér

a mester. A tudásért izzadni kell

és türelem nélkül nincsen ipar.

Büszkeség van a kész cipőben,

mely felér a költő ihletével.

Néha, amikor ott ülök kerek székemen,

a téli esték végtelen során,

és magamba szívom a bőrnek illatát,

azt gondolom néha, hogy talán mi ily

cipők vagyunk az Úristen kezében.

Mert ki érti jobban Istenét, mint

a Mester, ki öntudatlan anyagból

újat teremt, és ki érti jobban a

mestert, mint az Isten,

ki az emberi anyaggal ugyanezt teszi.

Eleázár: (a közönséghez, mialatt kintről a csőcselék ordítását
lehet hallani)

Ti talán most azt gondoljátok,

hogy mi őrültek vagyunk, hogy a

halál órájában az életről beszélünk,

talán terveznünk kellene, hogy védjük

meg magunkat. A védekezés a tudásban

lapul,

s most még a védelem csecsemő,

mert amit tudunk, még éretlen, mint

zöld gyümölcs. Harcolni minden állat

képes,

az ember joga, hogy tanuljon tovább.

Első Zsidó beront a zsinagógába.

Első Zsidó: A püspök kinyittatta a város kapuit,

a csőcselék mindent megöl, mely útjába

kerül,

erre jönnek, mint az áradat,

mindnyájunknak mostan vége van.

Eleázár: A tudásért élni, az egyetlen cél,

és egy célért meghalni értelem.

Aki halni akar, az most szabad,

de én még mindig az életet hirdetem.

Senki sem mozdul. Második Zsidó beront a zsinagógába.

Második Zsidó: (lihegve) A püspök, a püspök jön ide,

katonái állnak templomunk körül.

A püspök (Silva) egy pappal (Vetiliamus) bejönnek a zsinagógába. A püspök kezében egy kereszt s a pap kezében egy szenteltvíztartó van. Kintről a csürhe hangjait lehet hallani.

Püspök: (Eleázárhoz)   Jézus nevében jöttem Hozzátok,

hogy a keserű órában megváltsam

lelketeket,

s akinek lelke felszabadul,

az élni fog szabadon velünk.

De aki most is megtagadja Krisztusunk,

annak sorsa a kín és a halál.

Jézus nevében jöttem el Hozzátok.

Eleázár: Odakint üvölt a csőcselék,

vérünket szomjazzák az emberi vadak,

mily Egyház az, amely ezt eltűri,

s mely a halál árnyékában ajánl

megváltást?

Püspök: Én nem vagyok felelős a tömegért,

és vad erőben nem hiszek,

de nem tudom leereszteni a zsilipet,

mely megállítaná a keresztes hadakat.

De mert megtagadtátok Urunk világát,

mert keresztre húztátok Jézusunk,

ezért semmi büntetés nem lehet elég.

De az, ki most térdére hull,

akinek homlokát a szentvíz érinti,

az szabaddá válik, mint még soha.

Térdeljetek le Ti Bűnösök,

míg időtök engedi.

Eleázár: Nekünk már nincsen másunk csak

hitünk,

ha hitünknek vége, akkor igazán

meghalunk,

59

és hitünk azt súgta századokon át,

hogy Istennek formája és húsa nem

lehet.

Istennek nincsen rokona, sem apja,

anyja

vagy fia s a képzelhetetlen formába

nem önthető.

Mi istengyilkosok nem lehetünk,

mert megölni nem lehet az ölhetetlent,

csak pogány keres istent emberi

keretben,

csak pogány öl ilyen istenek nevében.

Pap: Szentségtörés! Oh püspököm,

nincs értelme, hogy megváltsd a

gazokat,

a Sátán csak egy dolgot ért,

ha tüzek lángja feleszi szörnyű húsát.

60

Püspök:	Vetiliamus, mi csak emberek vagyunk,
	és Sátán bizony mindannyiunk szívében
	él,
	ha nem bocsátunk meg e szörnyű
	tagadóknak,
	akkor számunkra sem lehet feloldozás.
(Eleázárhoz)	Könyörgöm Nektek térdemre hullva,
	mentsétek meg lelketek...
(Senki sem mozdul.)	Én nem kívánom halálotok áldozatát,
	meddő a halál hamis gondolatért.
Akiba:	És meddő a naivitás, hogy egy
	mozdulat,
	és egy csepp víz embert szabaddá
	tegyen,
	és veszélyes az önbutítás, mely
	bocsánatról
	beszél, míg kint zúg a gyűlölet.

Pap:(Akibahoz)   Te nemtelen zsidó, Te átok fajzata,

sorsod halál, a tűz és kínok,

elég volt már a prédikációkból,

hitvány sorsodat elérte végzete.

A pap kiragadja a püspök kezéből a keresztet és földre sújtja Akibat vele. Aztán az ajtóhoz rohan, azt kinyitja és a keresztesek betódulnak a zsinagógába. A keresztesek ugyanazok, mint a hét pogány az előbbi jelenetben. A püspök térdére esve imádkozik.

Pap: Öljétek őket, igyátok vérüket,

szakítsátok szét nemtelen testüket,

vakítsátok őket, tépjétek ki nyelvüket,

Jézus nevében!

A pap most megragadja Jozsuat, és fejét erőszakkal a keresztvízbe nyomja, és közben kereszteket vet a víztől haldokló emberre. Mikor a szenteltvíztől Jozsua megfulladt, így szól a pap.

Pap: Az Úr magához vette megtért

gyermekét.

A zsinagógában borzalmas öldöklés folyik. A keresztesek egymás után hurcolják ki a zsidókat, élve vagy holtan a templomból, és kint máglyák égnek. A pap is megy velük gyilkos útjukra, de a keresztet a frigyszekrény elé helyezte. Most már csak a püspök térdel egyedül a frigyszekrény és a kereszt előtt, és a nagy sötétségben csak egy otthagyott gyertya világít. A frigyszekrény előtt most hirtelen ott áll a Szűz.

Szűz: Silva tábornok, római hóhér, s a

Szentegyház

püspöke, emlékezel még a dolgok

kezdetére?

Püspök:(megrémülve)   Valami rémlik az álmok messzijében,

mintha árnyak súgnának holt szavakat

fülembe.

Szűz: Az álmok messzesége a tegnap

valósága,

a az árnyak súgása a Te szavaidat veri

vissza

a múltból.

Mert Silva tábornok, hóhér s az Egyház
püspöke,

Te mindig nagy erők szolgája voltál,

és míg nem leszel ura a nagy erőknek,

eszköze vagy a sűrű alvilágnak.

Püspök: Nem tudom ki vagy látomás, nem tudom,

mit akarsz velem!

Szűz: Amikor az ember az igazság bűvkörébe

ér,

tagadni kezdi érzései hű szavát,

ne tagadj meg engem Flavius Silva,

mert ha megtagadsz, nincs többé remény.

Püspök: Ha gyengülök, mi lesz az Egyházzal?

Szűz: Tegnap még azt mondtad: „Mi lesz

Rómával, ha gyengülök?"

Püspök: Nem emlékszem semmire, és Téged

nem ismerlek látomás.

Szűz: Te megöltél engem a kereszten,

és most is ölni fogsz.

64

Püspök:	Uram, Jézusom ments meg e
	látomástól,
	dugd el füleimtől a tegnap hangjait.
Szűz:	Te szegény, gyenge ember,
	ki az erőt szolgálod,
	az erőt, amely nem ismer gyengeséget.
Püspök:	El innét e megátkozott helyről,
	el innét, ahol a Sátán lakik.

Kirohan a templomból, és egyedül hagyja a szüzet, aki itt áll a frigyszekrény és a kereszt előtt a halvány gyertyafénynél, egyedül.

Függöny

Ötödik Jelenet előtt

Szellem:	Van idő, mikor Szellemnek lenni nagyon
	nehéz,
	mikor a lélekbe szúr és
	most ily korszakot értem meg én,

a századok infernóját e sötét földtekén.

Most átlépünk az idők tengerén,

ők: a kereső nép, s a szellem: én,

most részükké leszek, mint a vér,

mely ereikben még lobogva él.

S mikor az élet kilobban, mint a fény,

az életen túl is mindig élek én,

mert millió halál néha nem más,

mint új élet kezdete és feltámadás.

Ötödik Jelenet

Középkori tárgyalóterem. A Pápa (Silva) magas trónuson ül,
koronával a fején és pompával körülvéve. A vádlók egy elkerített
páholyban ülnek egymás mellett. Vetiliamus most dominikánus
pap, Ephesus egy európai ország tábornoka, Smyrna
magasrangú SS tiszt, horogkereszt a karján. A vádlottak padján
ül: Eleázár, Akiba, János, Jozsua.

Egy bilincsekkel terhes, szöges kínpad áll merőlegesen és várja a rabokat, s egy másik pogány, Philadelphia, a hóhérok sötét ruhájába van öltözve és fején egy csuklyás álarc. Az utcáról csak a tömegek hangjait lehet hallani, meg a máglyák tüzeit és később a krematóriumok égő kéményeit lehet látni az ablakokon túl. A Szellem és a Szűz a védők padján ülnek, és néhány más pogány pedig a közönség sorai közt.

Mikor a függöny felmegy, néhány pillanatig a szereplők mozdulatlanok, mint kőszobrok.

Pápa: (keresztet vet magára és feláll a trónusa előtt)

Az Apa, a Fiú és a Szentlélek nevében

összehívtuk a korok Törvényszékét,

hogy kivizsgáljuk a foglyok szörnyű

tetteit.

Mi itt a nagyvilágot képviseljük,

és így ránk tapad a történelem szeme.

Így méltóságteljesen viseljétek a

vádalom nemes ügyét.

(A Pápa keresztet vet a vádlókra.)

Pápa: (a foglyokhoz)   Mi, az Isten földi helytartója,

biztosítjuk most védelmetek jogát,

67

s ha a kínpad keserve elviselhetetlen,

adjatok jelt, hogy csökkentsük kínotok,

mert e tárgyaláson, ha szenvedni kell is,

mi az Egyház nem kívánjuk halálotokat.

Mi a pápai szék e perben semlegesek

maradunk,

csak igazságot keresünk az Úristen

nevében.

(Ismét keresztet vet.)	Ki vádol elsőnek?
Dominkánus:	A Szentegyház nevében vádolok én
	Szentséges Uram.
Pápa:	Béke Veled, Vetiliamus, hűséges fiunk.

Az Egyház nevében nem vádolhatod

őket,

mert mint mondtam, mi semlegesek

vagyunk.

De jogos a vád a dominikánusok

nevében.

Dominikánus: Úgy legyen Atyám: én a papság

                      nevében

                      vádolom őket.

Pápa: Mi a vádad, Vetiliamus fiam?

Dominikánus: (a vádlottakhoz)

                      Ti megtagadtátok, hogy eljött a

                      Messiás,

                      a csodára vártok, mely már

                      bekövetkezett.

A pápa intésére a négy foglyot a kínpadra szegezik.

Pápa: (a foglyokhoz)   Feleljetek a vádra. Ki beszél a rabok

                        nevében?

Eleázár: Mily csoda az, mely bennünket

                        idehozott?

                        Mily megváltás az, melytől kín fakad?

                        Elértünk ide a korok éjjelébe,

                        és nincs senki ki értünk emelje fel

                        szavát.

Szellem:	Ne mondd, hogy senki sincs, mert én
	még itt vagyok.
Eleázár:	Értelem Szelleme, ki érti meg szavad
	e tárgyalóteremben?
Szellem:	Te, Eleázár, Te megérted szavamat.
Eleázár:	És mit ér, ha én megértem is,

ha ők a vádolók süketek maradnak.

Nézd, mi beszélünk, de ők nem hallanak

mást,

mint amit hallani akarnak.

Szűz:	Én is itt vagyok melletted oh Apám

mint egykor régen a hegyek csúcsán.

Eleázár:	Gyenge vagy Te leány harcolni ellenük,

vigyázz szavadra, mert új keresztre

feszítenek.

Pápa:(Eleázárhoz)	Én megértem, ha bűntől és kíntól

félrebeszélsz,

de válaszolnod kell.

70

Eleázár: Bennünk keresitek a tagadást,

mert tulajdon kétségeitek keserve

elbírhatatlan.

Mi vagyunk most a torz tükör, melyben

azt

látjátok, mi a lelketekben ott lapul.

Ti tudjátok, hogy nincsen megváltás,

míg háborúk dúlnak a füstök mélye

mögött,

és míg az őrület tüzes máglyái

odakint forró fogukkal tépik a kék eget.

Ez a tárgyalás nem mi ellenünk folyik,

de az ördög ellen, mely szívetek mélyén

lakik.

S mikor az utolsó szó elhangzott majd

itt

mégis mi halunk meg és nem az

ördögök.

Szellem:	Tarts ki Eleázár, ne gyengülj soha,
	aki a Szellemet viszi lelkében annak
	sorsa örök.
Eleázár:	Hús fonja át a szellemet, s a hús
	törékeny,
	mint az üveg. Csak addig szólhatok, míg
	a hús engedi.
Dominikánus:	Szentséges Uram, a vádlott nem
	válaszol,
	csak szavakat gügyög, melyeknek
	értelme nincs.
Pápa:	A szenvedés kimerítette agyát,
	hóhér, oldozd fel torkán a szorító
	hurkokat.

Hóhér enyhíti a kötél szorítását Eleázár torkán.

Pápa:	Szólj a másikhoz most Vetiliamus,
	mi még a vádalom?

Dominikánus: (Jánoshoz)Te elfogadtad Jézusunk szavát,

és titokban, mikor nem látta senkisem,

zsidó maradtál, mint a többiek.

János: (s szűzhöz beszél) Én ott térdeltem a hegyek magasán,

mikor Apáddal megöltek a vad erők,

és hű maradtam a Gondolathoz,

melyet Ti hirdettetek. S a Gondolat

szabad, mint madár – kalitkába zárni

nem lehet, mert madár kalitkában

csak szomorú emléke annak, ami volt.

Ezért nem lettem az Egyház fia,

Mert börtönbe napfény nem jut el,

mint ahogy nem jut el Gondolatod

a tárgyalóterembe.

Ha a pogányokat nem küldte volna

Róma,

hogy meggyalázza gyenge testedet,

most nem lenne Egyház, Pápa, vádoló,

nem volna vérpad, kín és védelem,

csak a forrás vize: a szináji Gondolat.

Szűz: (Jánoshoz)   Ne ítéld el őket, hogy e dzsungel-

emberek

csak a formát imádják és nem a

lényeget.

János: Az ítélet az ő kezükben él,

míg testemből folyik a vér.

Szűz: Testednek vére az áldozat,

s az éjszakából nő majd a mag.

Pápa: Csak egyet értek a zavaros szavakból,

hogy a vád igaz, tagadod Egyházadat.

János:(kínban)   Tagadok mindent, ami tagadás.

Dominikánus: (Jozsuahoz) Apádat én kereszteltem meg egy

véres estén, hogy Te szabad lehessél az

emberek között: és mégis titokban

Jézust megtagadtad és folytattad

sötétben

őseid hitét.

74

Jozsua:

Apámat fegyverrel fogtad körül,

és erővel nyomtad fejét a keresztvízbe,

és én a fiú félelemben éltem életem.

Bárha gyakoroltam volna őseim hitét

talán lelkem szabadon nyúlna most az

ég felé.

De gyávaságom az életért könyörgött,

és így árulója lettem az ősi

gyökereknek.

De eddig a percig, míg a valóság

borzalmas tudata nem hullott belém,

hűséges voltam az Egyház szelleméhez,

s most mint szédült bábu az orkánban,

keresem a fát, melynek gyümölcse

vagyok.

Dominikánus:

Ezek a vádaim Szentséges Uram,

mindegyiket bevallották a rabok.

Pápa:

Bűnük immár kétségtelen, de vannak

még mások

is e tárgyalóteremben. Ki vádol most

a papság után?

Tábornok: Az Állam nevében jöttem Szent Atyám.

Pápa: Mi az Állam vádja Tábornok fiam?

Tábornok: Országunkban a szabadság szelleme ég

és mi befogadtuk a hazátlanokat,

letéptük róluk a sárga foltokat,

egyenlőséget adtak nekik törvényeink;

és hamar emelkedni kezdett soruk a

szabad

ég alatt: üzletben, iparban es

tudományokban is,

nevük híressé vált az emberek között,

és bizalom vette körül házaikat.

A foglyok tisztjei voltak a hadseregnek,

bizalmas, titkos dolgok őrei.

76

De egy napon aláásták a keresztény

államot,

és eladták titkainkat az ellenségnek.

A vád: hazaárulás és összeesküvés,

hogy hívő népeket egymásnak

uszítsanak.

A Nép kórusa kintről: Ti vagytok a háború okai,

Ti gyújtottátok meg a lángot,

Miattatok ölik egymást fiaink,

mert uralni akarjátok a világot.

Pápa: (Akibahoz) Most Tied a védelem joga.

Akiba: Igen, az Állam fiaivá váltunk,

s a pergő évek langyos sugara

gyógyítani kezdte sebeink tátongó

húsát.

Először kétkedve jártunk a nap alatt

és hinni sem mertük ezt a nagy csodát,

aztán gerincünk kisimult és emelt

fejjel jártunk, mint a többiek,

és mivel hazánk nem volt már sokszáz

éve,

büszkén szolgáltuk az új hazát.

Füleink feledték a tegnap hangjait,

és anyánk új nyelvre tanított egy

hajnalon,

s az álom hogy egyszer volt hazánk

mint hunyó mécses pislákolt tudatunk

mögött.

Vallásunk keretté változott,

melyből a lényeg hite elszállt, mint a

szél,

és imáinkat úgy mormoltuk péntek este,

mintha mese volna a szörnyű múlt.

Voltak közöttünk sokan, kik idegen

templomokba jártak

és megtagadták a maroknyi keveset,

78

kik az ősök formái közt keresték

Istenük.

És gúnyolni kezdtük őket saját magunk,

helytelenítve ósdi életük.

Modernné váltunk egy modern

világban,

mint egykor régen Athen karjai közt,

és tagadni kezdtük az ősök álmait,

hogy visszavárnak a régi hegyek.

Ha a haza harcra hívott, ölni mentünk,

ha a haza vért kívánt, felvágtuk ereink,

ha a haza rendelte: éhezzetek;

összehúztuk

nadrágunk szíjait, és ettünk, mikor a

haza

mondta, hogy egyetek.

De egy napon a vulkánok kitörtek,

és vad lávái égették házaink falát,

zúgtak a völgyek, a tenger s a hegyek,

hogy mi elárultuk ezt a jó hazát.

S mert a jövő mint a máglyák lángja

égett,

szédülve néztünk vissza a régi

múltba,

a halottak sírtak a Jordán partjain,

s az emlékek ezrei hívtak vissza, vissza.

A népnek és nemzetnek árulói nem

vagyunk,

de a Gondolatnak, mely a világba lökött

igen.

Ártatlanok vagyunk mint kisded az anya

ölében,

de bűnösök, kik megtagadták múltjukat.

Tábornok: Mily meghatóan sírnak foglyaink,

szememből a bánat könnye hull.

Mindig erősségük volt a szó,

mely ügyesen takarja a dolgok lényegét.

De az Állam dolga, hogy széttépje

álarcaikat,

és feltárja a bűnösök igazi lényegét.

Az Állam halált követel minden árulóra,

ki ellene vétkezett.

Akiba: Ártatlanok vagyunk.

Szellem: Kár védeni magadat ellenük.

Értelmet nem keres, kinek értelme

nincs.

A nagyvilág már elítélt az Ítélet előtt.

Nem számíthattok senkire egy égő

világban, hol csak a gyűlölet lángja

lebeg.

Menjetek haza a századok után,

hol nem kaptatok mást, mint ütést és

rúgást.

Ha halni kell, haljatok meg ott,

81

hol ősök emlékét őrzik a kövek.

Eleázár: Hogy lesz erőnk a hosszú útra?

Harcolni tört gerinccel hogy lehet?

Ki visz bennünket vissza az őshazába?

Gyenge erre a Te szellemed.

Szellem: Amíg a függönyön kívül álltam,

csodákra én sem vártam.

Aztán jött a pillanat,

hogy a színpadra hívott tört szavad.

Ha most a lelketekbe térek,

a láthatatlan szenvedélyek,

a láthatatlan erők örök fénye

lesz sorsotok új vezére.

Még mindig nem látod, hogy én a lélek

húsod formái mögött élek?

Most higyjetek úgy, mint soha,

mikor rátok borul az éjszaka.

Pápa: Előttem immár kétségtelen,

82

hogy e rabok megérdemlik a halált.

Az utolsó vádló most beszéljen,

mi új az vajon amit mondani tud.

SS-tiszt: Én az alvilág nevében állok itt,

és vádolom őket, meg az Egyházat is.

Pápa: Az egyház nincsen a vádlottak padján,

csak a foglyokat vádolhatod.

Mi az alvilág vádja?

SS-tiszt: A mi vádunk az, melyre a századokon át

a Te Egyházad tanított bennünket.

Pápa: Úgy látszik, mi mégis megértjük

egymást.

SS-tiszt: Te e perben most bíró nem lehetsz,

csak tanú.

Hagyd el trónusod bíborát: én veszem

át most

a tárgyalást.

Pápa: Milyen jog nevében?

83

SS-tiszt:	Az Erő nevében, mely most az én
	kezemben van.
	A Te erődnek vége: add át nekem a
	trónusod.
Pápa:	Tiltakoznunk kell, hogy mindenki
	meghallja,
	hogy csak erő előtt lépünk le a trónról.

A Pápa elhagyja a trónust és a vádolók páholyába ül. Aztán az összes vádolók eltűnnek a sötétségben, csak a trónuson az SS-tisztet lehet látni meg a vádlottakat.

SS-tiszt (a trónusról):

a hóhérhoz:	A kínpadra velük is; itt nincs a
	védelemnek helye.

(A hóhér a kínpadra szegezi a Szűzet és a Szellemet is.)

SS-tiszt:	Nyílj ki, föld, és nyeld el a világot,
	alvilági ördögök, jöjjetek segíteni!
	Tisztulj meg, Nagyvilág: a szeretet
	halott!
	Wotan nagy szelleme, jöjj velünk!

Most a pogányok jelennek meg a színpadon, árnyékuk
félelmetesen imbolyog a sötétben. SS egyenruhába vannak
öltözve.

SS –ek kórusa: Wotan nagy szelleme, jöjj velünk!

A szűzek méhét fogunkkal kitéptük,

csecsemőkre csizmával léptünk,

apát, anyát meggyaláztunk,

férfiak ágyékából lámpákat csináltunk,

halottak szájából kitörtük az aranyat,

aki ellenünk volt meggyilkoltuk,

a világot felgyújtottuk,

folyókat vérrel befestettük,

Isten nevét a latrinára tettük.

Mi vagyunk a világ urai!

Nagyobbak vagyunk a szellemeknél,

a mélységeknél s a hegyeknél,

a világnak megmutattuk,

hogy mi az igazi arcuk,

ölni, ölni, ölni, ölni,

míg az élet megmarad.

Most a kínpad átalakul gázkamrává azzal, hogy csapok
ereszkednek le a magasból. Kintről a krematóriumok őrült fénye
ég.

SS-tiszt: Itt vagytok hát most az én kezemben,

és halál remeg a szemetekben.

SS-ek kórusa: Halál, halál, halál, halál.

SS-tiszt: Tüdőtöket a gáz feszíti széjjel,

hamvatokat szétszórja az éjjel,

s az égett testek szagát a szél

az űrbe fújja, ahol tagadás zenél.

SS-ek kórusa: És mire holnap felébred a nap,

emlékfoszlányotok sem marad.

Az SS-ek kórusa, mint megőrült boszorkányok táncolják körül a
zsidókat.

SS-ek kórusa: A fehér fekete, s a fekete fehér,

a világűrből csak a halál beszél.

Vért inni jó, harapni kéj,

éljen az örök wotani éj!...

86

Éljen minden ami rossz,

éljen a gyönyör, mely gonosz,

éljen a pusztulás, a világnak vége,

most mutassa Isten, hogy van
istensége!

Mialatt az ördögök táncolnak körülöttük, a Szellem így beszél:

Szellem: Emlékeztek még a dolgok kezdetére,

a szináji parancsra, a halhatatlan éjre?

Emlékeztek még Maszada hegycsúcsára,

a könnyre, a tűzre, az elcsukló sírásra?

Tartja még az emlék Bennetek az esküt,

melyet ott esküdtetek együtt,

hogy halni nem szabad a szolgaságban,

s hogy élet él a dacos halálban?

Ne feledjétek most a régi álmot,

mely az égő éjszakában szívetekre

szállott,

hogy halálotok nem lesz hiába!

Emlékezzetek a régi tájra!

Emlékezzetek az Úr ígéretére,

hogy minden ellenére: Ti vagytok a

népe!

S míg a gáz halált szitál az éjben,

igyátok citrusok illatát a szélben.

Madarak surrannak a kék ég alatt,

s a tengerben ott úsznak színes halak,

s a Holt-tenger partján a hegyek némán

várnak,

és fittyet intenek minden halálnak.

Ti meghalhattok ezerszer a télben,

és éltek mégis egy új tavasz delében.

És mire a kémények füstje elfárad,

eléritek a régi, régi álmot.

Az SS-ördögök tovább járják a táncot, de aztán, mint filmek lassított felvétele, mozdulataik lelassulnak, aztán az árnyékok szétesnek a semmiségbe. A félhomályban látni lehet a tárgyalótermet, az ablakon kívül a krematóriumok kéményeit, és valahol messze a hegyek magasán az égő Maszadát, mint az első jelenetben. Halotti csend. A halott zsidók felállnak a földről, széttörik bilincseiket és egy lépésben elindulnak a közönség felé a kínpadról. Különös világítás esik ezekre a halottakra, akik csak állnak a közönséggel szemben, aztán lassan, vádlóan a közönség felé emelik karjaikat.

Függöny

A Hatodik Jelenet Előtt

Szellem: Utoljára állok itt előttetek,

                    most következik az utolsó jelenet,

                    szellememet majd viszik tovább,

                    kik építeni fogják az ősi-új hazát.

                    A haza nemcsak föld, fa és vizek,

89

nemcsak térség, térkép, földi terület,

a haza mindaz, amit a századok

gyűjtöttek össze: a haza én vagyok.

Mikor az álomból valóság kel a világra,

a tegnapot takarja a tudat lenge fátyla,

s kiknek hite szülte meg a nagy

csodákat,

a csodák előtt sokszor hitetlenül állnak.

Hatodik Jelenet

A maszadai zsinagóga romjai, lejjebb tüzek égnek és a zsinagóga füstöl. Eleázár a romok között áll, és a füst átöleli a testét. A ledöntött falakon túl látni lehet a Holt-tenger tükrét és Maszada bástyáit is. Eleázár úgy van öltözve, mint a második jelenetben. A Szellemmel beszél.

Eleázár:	Itt kezdődött el az álom, és íme
	itt ér véget.
Szellem:	Az álmok vége – a reggel kezdete.

Eleázár: Kiégett üszkök, a templom romjai,

                            halál és egyedüllét mindenütt,

                            amerre csak ellátnak szemeim.

Szellem: Vércsíkok még nincsenek az ég

                            peremén.

                            Talán még mindig az álmok tüze vesz

                            körül?

Eleázár: Már semmit sem tudok...

Eleázár:(belehallgat az éjszakába)

                            A völgyek és hegyek, úgy rémlik

                            dalolnak.

                            Ki énekelne más mint a győztesek?

Szellem: Figyeld az éneket, nem Róma hangja ez.

A völgyből héber dallamfoszlányokat és diadalkiáltásokat lehet
hallani. Nagyon messziről a Hatikva dallama hallható.

Eleázár: (izgatottan)   A szavak foszlánya ismerős,

                            s a nyelv dallamát felismeri szívem.

                            Mi történt odalent? Talán győzelem?

Szellem:	Igen, amit hallasz az győzelem.
Eleázár:	És Rómának vége van?
Szellem:	Rómának vége van.
Eleázár: (hitetlenül)	És mi győztünk? Izrael hadjai?
	Csapatok nélkül hogy van győzelem?
	Ki győzte le Róma seregeit?
Szellem:	Az idő és a történelem.

Amit most hallasz, egy új korból

zeng feléd: Izrael népe ismét szabad,

s a föld, mely annyit szenvedett,

ismét Tiétek.

Eleázár:	Mi az álom és mi a valóság

oh Szellemem?

Szellem:	Az álmod valóság.
Eleázár:	Még tegnap a gáz fojtotta torkomat,

s a világ úgy játszott velem, mint

az orkán a rongybabával.

És azelőtt...keresztek vértől csepegtek

a hegytetőn...Róma, Silva, ezrek

önhalála...

És ígéret Szináj csúcsán, hogy nincs

halál...

Segíts oh Szellem e vad szédülésben,

hol támpontok és korlátok nincsenek:

ki a győztes és ki az elnyomott,

hogy hallom én a jövő énekét?

Szellem: Az emberek világa általában három

idők ismer: múltat, jelent és jövőt,

de vannak helyek és vannak életek,

és sorsok is Úristenünk kezében,

kik túlszállnak az idő korlátain.

Te most Eleázár, az ősi Maszadából

nézed a jövőt, és ők győztes hadaid,

jelenjükből nézik múltadat.

Nemcsak szenvedésre választott az Úr

Bennetek, hanem csodára is.

93

Eleázár (a térdére esik)

Halálunk itt a hegytetőn

akkor mégsem volt hiába.

Szellem: Nézd Eleázár, itt vannak fiaid.

Akiba, Jozsua és János a Hagana egyenruhájában jönnek a színre, és egy hosszú póznára a zsidó állam kék-fehér zászlaját húzzák fel.

Akiba, Jozsua és János együtt:

Mi az Ős-új ország fiai,

így esküszünk itt a hegytetőn

a múlt s a jövő előtt:

Maszada él és mindig élni fog,

míg lelkünkben a Ti szellemetek lobog,

mert halálotok örök fáklya lesz nekünk,

Maszada nélkül nincs életünk.

Esküszünk itt a tragédiák hegyén,

hogy a világ rongya többé nem leszünk,

esküszünk előttetek, ősi szellemek,

94

	hogy igát nyakunkba többé nem

veszünk.

Eleázár:	Uram! Köszönöm az ébredést,

A halált, az életet, a szenvedést.

Szellem:	Ne feledd el soha:

a csodák rugója a Gondolat,

az mozgatja a századokat,

szitál halált és szitál életet,

és visszahozta ide népedet.

Eleázár:	S most, hogy megtörtént a nagy csoda,

kérdem Uram, most merre és hova?

Kérdem Tetőled, mi a cél,

hová veti őket a judeai szél?

Most hirtelen óriási viharok tépik az eget, és megjelenik ismét Szináj hegycsúcsa. A Szellem a földre veti magát, és a zászlónál álló zsidók is. Most ismét a Hang beszél:

A Hang:	A végzet könyvében nincs múlt és jelen,

időt csak azok keresnek, kiknek nincsen

idejük.

95

Ég és a föld a szívedben lakik,

élet és halál együtt valóság,

mint éremnek mindkét oldala.

Bizonyosságod csak a bizonytalan

és megoldás nincsen húsod formái közt.

De kín és gyönyör majd megtanít

a nagy titokra, mely szívedben lakik,

ez tanítani fog ezreket,

kik mint hulló csillagok,

csak hullásukban fénylenek az űrben.

S a Gondolat, melynek értelme elkerül,

erőd lesz majd a hosszú éjszakában.

Most végigviszlek az alázaton,

a megtört remegésen, s a gyűlöleten,

mely úgy vesz majd körül, mint a hideg

űr a világodat. Végigviszlek az értelmen

és az értelmetlenségen, mert

kiválasztottalak

a szenvedésre, hogy értelmet formáljál

belőle. Ne azt kérdezd, hogy miért a

szenvedés,

hanem azt, hogy mit teszel vele.

Mire a Hang elhalkul, visszavagyunk a második jelenetben. Semmi más nem látható mint az égő zsinagóga, és Eleázár bódultan kel fel a földről. És aztán, mint aki megérti, hogy hol van és mi történt, lassan felemeli tőrét. Ahol az elébb a Hagana kék-fehér zászlót húzott fel, halottak hevernek. Maszada halottai. Eleázár lassan odamegy hozzájuk és felismeri lányát a halottak között. A lányt magához öleli és a tőrt a szívébe szúrja. Holtan összeesik. Csak a tüzek égnek és ropognak.

Most néhány pillanatig csend van, aztán a rómaiak hangjai hallhatók. Silva, Vetiliamus és hét római katona (a pogányok) rontanak a színra. Értetlenül állnak a halottak előtt, aztán végre Vetiliamus így szól:

Vetiliamus: Tábornok! Itt mindenki halott!

Silva: (nagyon lassan)   Ezt Te csak úgy gondolod.

Lassan a függöny leereszkedik.

97

A szerzőről

Heimler Jenő 1922. március 27-én, a magyarországi Szombathelyen született. Édesapja ügyvéd, és a szociáldemokrata párt jeles képviselője volt. Heimler húszéves kora előtt elismert költővé érett Magyarországon, amikorra már két verses kötete is megjelent. 21 éves, amikor Auschwitzba majd Buchenwaldba deportálják. Túléli a haláltábort kedves gyerekkori és szeretett anyjához fűződő emlékeinek segítségével, aki hosszan tartó betegség után halt meg nem sokkal a második világháború kezdete előtt.

Feleségét Évát, édesapját, nővérét és annak kisfiát Auschwitzban ölték meg. 1946-ban feleségül vette Lilit (született Salgó Lili), akinek korai haláláig (1984) két gyermekük született, Susan és George. 1947-ben Heimler Angliába emigrált.

Nem sokkal ezután a Manchesteri Egyetem egyik első pszichiátriai szociális munkásaként diplomát szerez, és fejleszteni kezdi saját társadalomintegrációs módszerét, amely Európában, Amerikában és Kanadában Heimler-skála néven vált ismertté.

Később visszatért Németországba, hogy a fiataloknak megtanítsa egyedi módszerét, amelyben a szenvedés és a frusztráció potenciális hajtóerővé válik az elégedettség és kreativitás eléréséhez, így találva célt és értelmet az életnek.

99

Heimler Angliában a Társadalombiztosítási Minisztérium, az Egészségügyi Világszervezet, valamint az Amerikai Egyesült Államok kormányának tanácsadója lett.

Húsz éven át tanította saját felfedezését Angliában a Londoni Egyetemen, hírneve több egyetemen juttatta katedrához az USA-ban és Kanadában.

1985-ben a kanadai Calgary Egyetem díszdoktori címet adományozott Heimlernek, ahol tárgyát 17 évig tanította.

A második világháború végének negyvenedik évfordulóján feleségül vette Miriam Brachat, akivel boldogan házasságban élt élete végéig. Heimler Jenő 1990. december 4-én halt meg.

A szerző egyéb művei

az *Amazon*on

NAPFOGYATKOZÁS UTÁN

A Nyugat-magyarországi Szombathelyen született, boldog családban nőtt fel. Szülőhazájának kedves tája és kultúrája, valamint a zsidó szellemi örökségéhez való szenvedélyes kötődés vette körül. 17 éves korában jelent meg első verseskötete: az ártatlanság, a gyengédség és a csodálatos ígéret versei.

"...Mikor még gyerek voltam anyám azt akarta, hogy költő legyek. Egy téli estén az ölében ültem s megvallotta, hogy ez a titkos vágya..."

102

GYÓGYÍTÓ VISSZHANG

Heimler Jenő

Eugene Heimler, miután túlélte az emberiség történelmének legnagyobb traumáját, a fájdalmából és szenvedéseiből, kialakított egy gyógyító modellt, amelynek segítségével megvilágosította a titkokat, hogy hogyan lehet megtanulni az életben boldogulni, és hogyan tudjuk legyőzni az akadályokat, bármi is kerüljön elénk.

Heimler megtanít bennünket arra, hogy hogyan tudjuk használni az egyedülálló ön-segítő és másokat meghallgató módszerét, hogy hogyan tudjuk átalakítani a frusztrációinkat és destruktív impulzusainkat kreativitássá, a megújulás új lehetőségeivé.

Ezzel a teljesen új megközelítéssel olyan eszközt ad a kezünkbe, amivel ellenállóbbakká válunk életünk stressz helyzeteivel szemben, hatásosabban tudjuk leküzdeni nehézségeinket, segít megtalálni életünk értelmét, az életcélunkat.

A könyv megtanít arra, hogy hogyan tudunk jobban figyelni magunkra, meghallani a saját belső hangunkat és ez által meghalljuk a saját *gyógyító visszhangunkat.*

*Brief eines Holocaust Überlebenden
an junge Deutsche*

Eugene Heimler

BOTSCHAFTEN
Brief eines Holocaust Überlebenden
an Junge Deutsche

In seinem fesselnden, poetischen Stil nimmt der Autor
Sie mit sich auf eine lebens-transformierende Reise durch
Meere inspirationeller Bildnisse und Ströme von Tränen;
von Schmerzensstürmen zu Gewässern individueller und
allgemeingültiger Weisheit und in die Tiefen seines Selbsts
und des Ihren.

Seine universalen und autobiographischen Geschichten fließen und mischen dynamisch -wie die lebhaften Farben auf der Leinwand eines Wasserfarben-Künstlers - Zeitdimensionen in ein sich ausdehnendes, zusammenhaltendes Ganzes. Die Mannigfaltigkeit von Genre, Zeit und Metapher ist erregend und offenbart vielfache Schichten unserer physischen, emotionalen und spirituellen Realität.

Der Autor überschreitet Zeit, indem er Vergangenheit, Gegenwart und Zukunft zu einem Wandteppich tiefer Bedeutung und Leidenschaft knüpft,- mit Blut befleckt und mit Freudentränen gezeichnet.

In *Botschaften* reisen wir mit dem Autor durch das Verlieren, Suchen und Wiederfinden seiner eigenen Identität und seines Platzes in der physischen, emotionalen und spirituellen Welt.

In seiner Strömung von Bewußtseins-Reflexionen überschreitet Heimler Zeit von biblischen durch mittelalterliche zu modernen menschlich transformativen Erlebnissen, - durch Schmerz zu Selbst-Entdeckung.

Diese kunstvoll vertraute Verflechtung persönlicher und universaler Themen zieht den Leser in Heimlers Ehrfurcht einflößende vielschichtige Welt mutiger Introspektion.

Botschaften illuminiert den inneren Kampf des Autors - des Holocaust Überlebenden, nämlich Bedeutung, Sinn und Leidenschaft von seinem einmal zerrütteten Leben wiederzuentdecken.

Seine Kämpfe führen ihn zu existenziellen Fragen über die Bedeutung des Lebens:

‚Was ist die Verbindung zwischen Leben und was wir Tod nennen?'

‚Wie kann Sinnhaftigkeit Schmerz überwinden?'

‚Wie können wir Frieden finden, wenn wir unsere schlimmsten Stunden verleugnen?'

‚Wie können wir all den Hass verstehen, der uns umgibt?'

‚Wie kann Hass in Kreativität anstatt Selbstvernichtung verwandelt werden?'

‚Was kann unsere Liebe und unsere Fähigkeit zu lieben inmitten von Grausamkeiten oder Gleichgültigkeit am Leben halten?'

Folgen Sie diesem bemerkenswerten Mann in seiner Suche nach ewiger Weisheit!

STURM

STURM ist ein mitreissendes dramatisches Schauspiel, welches das Überlebensgeheimnis des jüdischen Volkes aufdeckt – wie es die tief in die Geschichte hineinreichenden Zäsuren überwand und besiegte.

Das Schauspiel wurzelt in Dr. Eugene Heimlers persönlichen traumatischen Erfahrungen in Nazitodeslagern und stützt sich auf seine Auseinandersetzung mit der jüdischen Tragödie auf Masada.

STURM zeigt die Barbarei von Römern, Christen und Nazis, wie sie in Hass ihre Grausamkeiten und

Menschenmorde barbarisch verübten und persönliche Verantwortung leugneten.

Trotz des Nachhalls der Qualen durch die jüdische Geschichte hindurch gibt Heimler seiner Hoffnung Ausdruck für das Überleben des jüdischen Volkes.

Heute hat dieses Werk mehr Relevanz als je zuvor.

Wir brauchen die zeitlose Botschaft Heimlers, da sich Extremismus, Antisemitismus und Intoleranz ständig ausbreiten und uns bedrohen. Wir brauchen sie, denn sie dringt tief in die menschliche Seele ein.

__Sturm__ – „Was mit unschuldiger, vielversprechender Dichtung eines Jugendlichen begann, wuchs, durch den Alptraum der Schoah, in eine profunde reife menschliche Seele, die Tiefen der Geschichte, Philosophie und Glauben erforschte."

Rabbi Dr. André Ungar

„Eugene Heimler ist ein wahrer Held des 20. Jahrhunderts!"

Ronald A. Lewis, M.Ed.

Night of the Mist

"A dramatic and readable book."— *The Times Literary Supplement*

"Behind the eerie, the manic, the disgusting, he still conveys the desirability of life, the variety of human behavior, the power of imagination. His own conclusions were not of hate, but of discriminating tolerance." —**P***eter Vansittart in The Observer (London, England)*

"This book deserves a place of its own in the literature of Nazi horrors, as it deals with those events from an unusual aspect – the effect of them upon the victims themselves." – **Lord Russell of Liverpool**

"There is no self-pity in Heimler's writing; just wonder at man's inhumanity to man ... the massage he brings is not one of horror but of hope; of a fight back to life, and a life well worth living." – *The Huddersfield Examiner*

"This book has an important lesson to teach – that faith in God and in the dignity of man can overcome the greater evils that men can devise." — *The Catholic Times*

When the Germans invaded Hungary in 1944, Eugene Heimler was twenty-one. His father, a socialist as well as a Jew, was arrested by the Gestapo and never seen again. Mr. Heimler and his new wife were taken from a Hungarian ghetto and deported in a cattle truck to Auschwitz. His wife and family died there, but he survived to be taken to Buchenwald and other camps in Germany. At the end of the European war, he escaped and found his way back to his native country.

NIGHT OF THE MIST is an account of a young man's experience under the Gestapo. It records the day-to-day events, the miserable conditions of existence, the physical suffering endured by the prisoners. But Eugene Heimler goes beyond a factual record of events. With a gifted insight he describes the deeper effects of suffering – on their minds. He writes not only of himself but of many others imprisoned with him: of the doctor and the architect, no longer middle-class gentlemen of authority, but near animals; of the girl, once gentle and intelligent, now offering her diseased body for a crust of bread; of the man

111

who spent twelve years in prison for the murder of his wife, and who in the inferno of a concentration camp found meaning in life.

Yet, though he knew the worst of humanity, Heimler was able to regain his faith in God and in the dignity of man. He does not hate; and the horror of his experience is transcended by his compassion and deep understanding of spiritual values. The true message of this book is not one of horror, but of hope.

My Life After Auschwitz
(A Link in the Chain)

In Night of the Mist, Eugene Heimler gave a moving and gripping account of his experiences as a prisoner in Auschwitz and other Nazi concentration camps. In this book, "MY LIFE AFTER AUSCHWITZ", he describes his eventful return journey from Auschwitz to his home in Hungary and how he reshaped his life since the end of the war.

Heimler tells his stories poetically and vividly:
He travels towards home on a buffer of a train, next to a German SS man who could easily push him off;

He witnesses the rape of Kati, his travel companion by Russian brutes, with their machine guns aimed at him; Returning to Hungary, at the age of 23, he soon realizes that as a Jew he is still not wanted in his native country. The Red Army occupies Hungary and makes attempts on his life; He works as a journalist in the Social Democratic Headquarters and is arrested and charged with treason for an article he wrote; shots are aimed at him. When the Right Wing Smallholders win the Hungarian election in 1945, he contemplates leaving Hungary. An invitation to spy for the Communists in return for getting his poems published gets him into a momentary trap, but he outwits "Uncle Zoltan", his conspirator who unwittingly provides him with the Russian exit visa he still needs in order to go to London 'for a short visit'. In 1947 he travels to England. His newly married wife, Lily, follows him later. When in 1949 the Secret Police tortures his friends in Budapest, Heimler breaks down, as now all hope is lost for ever returning to his native homeland. His trials in England are manifold. Without speaking English, the couple lives on fear and tears. When Heimler arrived in England he was, mentally, still a very sick man. He describes the psychoanalytic treatment which he underwent at that time. After years of hardship and struggle he qualifies as a psychiatric social worker in 1953. He becomes County Psychiatric Social Work Organizer for the Middlesex County Council, and his experimental work made him one of the pioneers of 'community mental health' in England. His interviews with patients in pubs and parks have been the subject of much controversy. Heimler goes on to show not only how he affects his patients but also how they affect him, and how he grows through and with them. His account, in the latter part of the book, of the 'Hendon Experiment', in which he works hand in hand with the National Assistance Board in an attempt to solve the problem of the 'work-shy', and of his experiment in mental health with a General Practitioner, will be of particular interest to doctors, social workers and all who are concerned with the care of the mentally ill.

A Link in the Chain
A Journey from Auschwitz to Resurrection

In this second powerfully written volume of Eugene Heimler's incredible life's journey from persecuted Jewish child in a small town in Hungary to world-renowned writer, therapist and teacher, Heimler is on his way home to Hungary from the concentration camps of Germany, where he had lost all his family. On this journey he experiences many life-threatening moments: being on a train with a former German SS man; witnessing the brutal rape of his traveling companion by Russian thugs; attempts on his life and being arrested and charged with treason in Hungary.

Eventually he reaches England and remarries, but his trials are manifold. After hearing that the Secret Police are torturing his friends in Budapest, he realizes he can never return to Hungary and has a breakdown. When a psychoanalysis helps him come back to life and regain his hope for the future, he is ready to act on an early ambition to become a writer and psychologist. He starts to write *NIGHT OF THE MIST,* which has become a world classic, and becomes a Psychiatric Social Worker. These challenges have their obstacles as well, and Heimler vividly describes his work as a Psychiatric Social Worker, including his refusal to give up on others—and himself. His experiences eventually lead to the development of a new method of therapy, which is today known as the *Heimler Method of Social Functioning.*

Throughout his life, Heimler consistently fought to help victims gain the courage to become victors. In *A LINK IN THE CHAIN* he once more tells his stories poetically and vividly.

*A Survivor's Letter to a
Young German*

Eugene Heimler

MESSAGES
A Survivor's Letter to a
Young German

Eugene Heimler, in his captivatingly poetic style, takes you with him on a life-transforming journey through seas of imagination and rivers of tears; from storms of pain to pools of individual and communal wisdom as well as deep inside his self and yours.

His universal and autobiographical stories, like the vivid colors on the canvas of a water-color artist, flow and dynamically blend time dimensions into an expanding, cohesive whole.

The diversity of genre, time and metaphor is startling and reveals multiple layers of our physical, emotional and spiritual reality.

The author transcends time as he interweaves past, present and future into a tapestry of deep meaning and passion, stained by blood and marked by tears and joy.

This book is about the author's journey of losing, searching and re-finding his own identity and place in his physical, emotional and spiritual worlds.

In his 'stream of consciousness' musings Heimler crosses time from biblical through medieval to modern human experiences of transformation through pain to self-discovery.

This artful intimate intertwining of personal, particular and universal themes draws the reader into Heimler's awe-inspiring multi-layered world of courageous introspection.

Messages illuminates how Heimler, as a Holocaust survivor, struggles to re-discover meaning, purpose and passion from his once shattered world.

Working through these challenges leads him to existential questions about the very meaning of life:

What are the connections between life and what we call death?

How can meaning transcend suffering?

How can we find peace if we deny our worst hours?

How can we understand all the hatred that surrounds us?

How can hate be turned into creativity instead of self-destructiveness?

What can keep our love and our ability to love alive in the midst of atrocities or indifference?

Come, join this remarkable man in his quest for eternal wisdom!

BEI NACHT UND NEBEL

BEI NACHT UND NEBEL ist ein Bericht der Erlebnisse eines jungen Mannes während des Naziregimes. Es erzählt von den tagtäglichen Geschehnissen, den schrecklichen Existenzbedingungen und den körperlichen Leiden, welche die Gefangenen ertragen mußten.

Aber Heimler bewegt sich jenseits der faktischen Geschehnisse. Mit begabter Einsicht beschreibt er die tieferen Wirkungen der Leiden auf die Seele. Er schreibt nicht nur von sich selbst, sondern über viele seiner Mitgefangenen; - von dem Arzt und dem Architekten, nicht länger Gentlemen der mittleren Gesellschaftsklasse mit Autorität, sondern wilden Tieren ähnlich; er schreibt von dem Mädchen, das einst sanft und intelligent war und jetzt seinen todgeweihten Körper für eine

121

Krume Brot anbietet; von dem Mann, der zwölf Jahre für den Mord an seiner Frau im Gefängnis zugebracht hatte und nun im Inferno des Konzentrationslagers eine Bedeutung in seinem Leben findet.

Obwohl er das Schlimmste an Unmenschlichkeit kannte, war Eugene Heimler in der Lage, seinen Glauben an Gott und an die Würde des Menschen wiederzugewinnen. Er haßt nicht; sein Mitfühlen und sein tiefes Verständnis spiritueller Werte halfen ihm, das Grauen seiner Erlebnisse zu überwinden. Seine Botschaft kündet nicht von Horror, sondern von Hoffnung.

THE STORM

"*THE STORM*" is a powerful drama in verse that reveals the secret of the survival of the Jewish people and how the Jews have been able to overcome history's never-ending challenges.

The drama is rooted in the author's personal Nazi death-camp experiences and his ongoing meditation on the Jewish tragedy of Masada. It illuminates how societal barbarism enabled Romans, Christians and Nazis to avoid and deny personal responsibility for their hatred, cruelty and massacres. Yet, despite a history punctuated by atrocities, Heimler breathes hope into the future for Jews, by voicing God's affirmation of the eternity of their survival.

This masterpiece is particularly relevant today, as extremism, antisemitism and intolerance sweep like wild fire across university campuses as well as Western- and Middle Eastern societies. The timeless message of Dr. Heimler's deeply moving drama is needed now more than ever before, to penetrate souls and educate minds.

"What began as a teenager's innocent, promising verse grew, through the nightmare of the Shoah, into a profound, mature human soul, plumbing the depths of history, philosophy and faith."
Rabbi Dr. André Ungar, New Jersey

"Eugene Heimler is A True Hero of the 20th Century"
Ronald A. Lewis, M.Ed.

THE HEALING ECHO

When Dr. Sigmund Freud's concepts and ideas penetrated Eugene Heimler's young Hungarian mind, the earth began spinning faster and lightening crossed the Western sky.

Two ingenious minds were crossing up there in the heights; both listened with respect – and then went their opposite ways: one to analysis, and the other to synthesis.

Eugene Heimler's pioneering philosophy, that our potential lies in the creative transformation of our negative forces, is as new a thinking in our 21st century as it was in the 1950s when it first broke ground. Heimler's radical idea that we need to harness frustration in order to flourish crossed the worlds of the post-industrial revolution and unemployment to our current age in which people search for the elusive meaningfulness of life.

The author had a 'paradoxical' title ready for his book: "*The Gift of Unemployment*", however, there was fear that hopeless 'victims' of unemployment would smash the shop-windows of book-sellers in Great Britain.

Yet, he, as well as those men and women whom he helped find meaning and purpose in their often shattered lives, was convinced, that his method works.

Not only people who are stagnated in their growth, but also children in kinder-gardens and schools can, with the help of Heimler's new approach, explore their untapped potential.

By listening to our inner selves, we can hear our echo, our echo that heals us and that helps us to live a fuller and happier life, to survive and thrive in our complex society. Eugene Heimler first echoed these thought in his ground-breaking book *"Survival in Society"*.

Now, by immersing yourself in <u>The Healing Echo</u>, you have an opportunity to enter this hopeful world of yet unimagined possibilities.

Survival in Society

Eugene Heimler's self-help method of social functioning has been developed and tested – and proven extraordinarily successful – for over forty years. Here he describes in detailed theory and through cases his interviewing and therapeutic techniques, in which a relationship of equality between 'helper' and 'helped' is paramount.

His aim has been to help people as individuals and in groups to make the most of their abilities, however latent, and to positively use their inner resources and past experience. He sees not only the past as influencing the present but present actions determining what we select from the past. Success or failure to function within ourselves and in society depends on the balance between satisfaction, defined as the ability to use one's potential, and frustration, defined as one's inability to use it. Too little frustration can be as damaging as too much: to function normally we constantly transform frustration into satisfaction. In other words, success is one's ability to transform the unacceptable – to oneself and to society – into the acceptable.

Throughout the book emphasis is placed on the importance for the individual of making his own decisions. Here he is helped by Heimler's decision-making tool – his *Scale of Social Functioning* – which enables him to understand his life situation and to act accordingly. The scale is of diagnostic value to the therapist, but its main use is to the patient.

Professor Heimler's method has been applied both to people in need of treatment and to 'healthy' individuals who want to explore their untapped potentials. It has been used by teachers at all educational levels to help students become more creative, in the employer/employee relationship, and by social workers in all fields. Heimler owes much to many past and contemporary practitioners. The originality of his work lies in his synthesis of existing theories and practices into a successful working method.

Publication by Miriam Bracha Heimler

At Amazon
Available also in German under the title:
„Tochter Abrahams"

Daughter of Abraham

For anyone on a life journey through pain towards transformation, Miriam Bracha Heimler's intimate, powerful memoir will help deepen your determination to overcome life's seemingly insurmountable obstacles.

Through touching vignettes Heimler paints vivid portraits of her continuing life challenges:

She escapes Communist East Germany as an 11 year old just before the rise of the Berlin Wall, leaving her Nazi father behind.

Despite her manifold struggles to overcome loneliness and poverty in her strange new world, and in defiance of having to fight peers' prejudice and feelings of inadequacy, she succeeds.

She makes many growth-steps on her way through the gates of her spiritual development.

Heimler's endearing, earthy, captivating style draws the reader into her multi-layered inner world of imagination, determination and hope.

The depth of the scenes she paints is reminiscent of great literature of the past, rather than superficial current works.

The reader will enrich her / his life by diving into this real life treasure of vulnerability.

További Információ

Miriam Bracha Heimler
mheimler1@gmail.com

www.newholocaustliterature.com
www.heimler-international.com

www.ingramcontent.com/pod-product-compliance
Lightning Source LLC
Chambersburg PA
CBHW020248150626
46552CB00020B/678